CB137536

26ª edição

Sylvia Orthof

Quem roubou o meu futuro?

ENTRE LINHAS
SOCIEDADE

Ilustrações: Sérgio Palmiro

Conforme a nova ortografia

Atual Editora

Série Entre Linhas

Editor • Henrique Félix
Assistente editorial • Jacqueline F. de Barros
Preparação de texto • Lúcia Leal Ferreira
Revisão de texto • Pedro Cunha Júnior e Lilian Semenichin (coords.)
Maria Cecília K. Caliendo / Edilene Martins dos Santos / Marcelo Zanon
Renato A. Colombo Jr.
Gerente de arte • Nair de Medeiros Barbosa
Supervisão de arte • Marco Aurélio Sismotto
Diagramação • Lucimar Aparecida Guerra
Projeto gráfico de capa e miolo • Homem de Melo & Troia Design
Coordenação eletrônica • Silvia Regina E. Almeida
Produtor gráfico • Rogério Strelciuc
Suplemento de leitura e projeto de trabalho interdisciplinar • Janaína Audi Urea Ordoñez

Dados Internacionais de Catalogação na Publicação (CIP)

Orthof, Sylvia
Quem roubou o meu futuro? / Sylvia Orthof ; ilustrações Sérgio Palmiro. — 26. ed. — São Paulo : Atual, 2010. — (Entre Linhas : Sociedade)

Acompanha projeto de trabalho interdisciplinar: guia do professor.
ISBN 978-85-357-0346-7

1. Literatura infantojuvenil I. Palmiro, Sérgio. II. Título. III. Série.

CDD-028.5

11ª tiragem, 2017

Índices para catálogo sistemático:
1. Literatura infantil 028.5
2. Literatura infantojuvenil 028.5

Copyright © Sylvia Orthof, 1989.

SARAIVA Educação S.A.
Avenida das Nações Unidas, 7221 - Pinheiros
CEP 05425-902 - São Paulo - SP - Tel.: (0xx11) 4003-3061
www.editorasaraiva.com.br
atendimento@aticascipione.com.br

Todos os direitos reservados.

CL: 810508
CAE: 602588

IMPRESSÃO E ACABAMENTO
Bartira

Sumário

Para meus filhos, com amor.

1ª parte

Eu tenho treze anos

Hoje a gente combinou que ia fazer um grupo de teatro. Eu fiquei assim, sem saber se vai dar certo, mas senti uma vontade danada de fazer parte de um espetáculo, coisa superlegal!

Minha avó implicou logo:

– Valéria, acho mais importante, no momento, você fazer um curso de datilografia!

Minha avó coloca a seriedade de cursos baseando-se em datilografia, vê se pode!

– Vó, a máquina de escrever está ficando caduca. Se eu tivesse que fazer algum curso ligado a bater letrinhas, hoje, seria de informática. Mas duvido que aqui em casa alguém comprasse um computador. Aqui tem máquina de lavar, liquidificador, minha mãe sonha com máquina de lavar louça... mas computador todo o mundo daqui de casa acha que é supérfluo.

– E é supérfluo, Valéria! Será que você não reparou na luta do seu pai pra manter o essencial?

– E minha mãe não sonha com máquina de lavar louça, vó?

Falei, pensei e fiquei quieta. A barra anda pesada, meu pai trabalha como desenhista, coitado! Vive desenhando até tarde, ganha tão pouco... Minha mãe dá aulas de inglês, volta tarde, serve o jantar, lava louça, vovó ajuda, mas está com artritismo, as juntas doem na hora de lavar pratos. Eu... vivo escapando. Detesto lavar louça, mas ajudo também: faço as camas e varro a casa.

Estou com 13 anos. Acho que tenho direito ao sonho. Todo mundo adora dar palpite na minha vida. Não sou mais criança, droga! Família tem a virose do palpite: palpiticite. Odeio minha família! Odeio todas as famílias, porque, basta um grupo virar família, adoece com a tal da palpiticite.

Eu vou fazer teatro! Ramiro vai dirigir. Ramiro é um garoto lá do colégio, usa umas camisonas largas, um jeito desleixado pra lá de maneiro. Eu me amarro no visual dele! Um dia, ele veio aqui em casa e minha avó, com artritismo e palpiticite, implicou:

– Este menino brigou com o pente?

Lembro que, quando eu era ainda criancinha, minha avó contava uma história de um livro supercareta, cheio de moral de história, que dizia:

"Ursulina era uma bela menina. Todos gostavam dela. Mas, um dia, a menina Ursulina brigou com o pente"... e lá vai xaropada!

O livro tinha uma porção de desenhos. Primeiro, aparecia a tal da Ursulina, toda penteadinha, com um laço horroroso no alto do cabelo esticado e repartido no meio. Pouco a pouco, ela ia ficando desgrenhada. A fita perdia o laço, o cabelo arrepiava. No final, ela, a menina Ursulina, ficava com jeito de lobisomem, ou lobismulher, sei lá! E a história, chatérrima, terminava assim:

"Coitada da menina Ursulina! Ela virou um urso de verdade!"

Minha avó acha que livros devem ensinar. Mas ela não lê, só faz tricô. Se ela lesse, garanto que não ia gostar de ler as Ursulinas da vida.

Ando implicando com minha avó, coitada! Acho que é problema de choque de gerações. Mas... ai, sei que fico danada, tiririca, porque, se a avó da Fabiana dá força em relação ao grupo de teatro, por que a minha fica ursulando datilografias? Eu mereço? Não mereço uma avó assim, ora!

Pensando bem, eu gosto da minha avó, coitada! Ela é assim, eu sou assado. Vai ver que a avó da Fabiana também tem suas implicâncias.

Engraçado: sempre que fico com raiva de uma pessoa, logo depois me arrependo. Acho que é falta de personalidade, medo de ser ruim, coisa de cuca. Fico pensando se não é mania de querer que todo o mundo me ache boazinha. Se for isso, sou mau-caráter.

Pronto, bastou eu me arrepender em relação à minha avó, ela veio com um recorte de jornal na mão, recortado com tesoura de picotar, todo picotadinho, certinho, droguinhazinho. Lógico que era anúncio de curso de datilografia... de teatro é que não podia ser!

– Olha, vó, este horário não vai servir pra mim. Sabe por quê, vó? Eu vou ter que ensaiar a peça que o Ramiro vai dirigir. Os ensaios vão ser depois do colégio, na hora da novela que a senhora assiste. Acho que a senhora não vai poder mais assistir a novelas... Vamos ter que ensaiar aqui na sala, em frente da televisão... Mas a senhora pode assistir ao ensaio... e fazer tricô, né?

A reunião de teatro

Hoje tivemos uma reunião chocante: decidimos fazer teatro, mas sem ser teatro-teatro. Quer dizer... Como é que eu explico um treco desses, gente? É como se fosse teatro, mas a gente (minha mãe disse que eu vivo dizendo "gente, gente, gente", mas peguei o vício, é difícil mudar...), mas NÓS (eu não disse "gente" mas pensei, dá no mesmo!) vamos fazer teatro com base num livro que a gente... que NÓS gostarmos. Daí, contei que estava fazendo este diário, trancadíssimo a sete chaves... e Ramiro quis ver. Disse que seria ótimo um espetáculo para a moçada de 13, 14 anos, da nossa idade, pois é, representando a nossa vida, tal e qual.

Que dilema: será que eu deixo o pessoal ficar mexendo nos meus segredos? Muita gente vai me odiar... De outro lado, esqueço essa mania de querer ser amada por todo o mundo, paro com esse fingimento de ser um anjo. Não sou anjo, sou pessoa. Eu queria dizer que sou gente, mas, em homenagem à minha progenitora, digo que sou pessoa e não uso a palavra "gente".

Minha mãe vai ficar danada com o meu diário. Minha avó, então... E Lila? Eu escrevi no meu diário que Lila poderia fazer um papel de ingênua-idiota, que nem precisaria representar, era a própria. Dane-se! Afinal, os grandes escritores malham mesmo, dizem coisas inacreditáveis, todo o mundo lê e diz que literatura é arte, não pode ser censurada. Serei atriz e escritora, é isso aí. Vai ser um baratão!

Também, na verdade, eu posso preparar um diário visível, teatralizado, ora! Afinal, a peça é minha!

Chegamos a combinar, Ramiro, Lila, Fabiana, André, Francisco, Mariana e eu, que faríamos um teatro só com o grupinho bem fechado. Gente demais dá nó.

Grupo é coisa difícil de amarrar. Precisa muito saco pra um aguentar os defeitos do outro... Nossa! Será que eu vou aguentar os choramingos da Lila?

O pesadelo

Tive insônia, por causa do espetáculo. Não consegui dormir... quer dizer, só dormi um tiquinho. Aí, foi pior. Tive um pesadelo de botar cabelo em pé, acordei toda suada. Sonhei que estava representando meu diário e Lila resolveu se vingar, virou uma cobra jararaca, enrolou meu pescoço, apertava e dizia:

– Diz, diz que eu sou idiota e ingênua, repete!

Daí, apareceu minha avó, no meio do sonho, fazendo tricô com os meus cabelos. E eu cantava:

Minha avó me enterrou,
pelos figos da figueira,
que o passarinho bicou!

E eu estava enterrada, debaixo de uma figueira. Meus cabelos tinham virado capim, e vinha um jardineiro, que era Ramiro, e vinha com uma foice, pra cortar minha cabeleira, que era capim e era também fio de tricô de minha vó!

O pesadelo tinha a tal da cantiga que eu ouvia quando era menininha. Nós tínhamos uma empregada chamada Tonha. Ela contava histórias e mais histórias, todas as noites. E ela contou que uma menina de cabelo comprido ficou órfã de mãe. Ela morava num lugar muito lindo, onde havia um pomar. No pomar, crescia uma figueira, que tinha sido plantada pela mãe da menina, a mãe que morreu. A menina adorava a figueira, que lembrava a mãe dela. Daí, o pai da menina casou com uma mulher muito má, que detestava a garota. Quando o pai, um dia, saiu de viagem, a madrasta malvada enterrou a menina viva ao lado do pé da figueira. Os cabelos da menina cresceram, viraram capim e cantavam. A história tinha também uma parte em que a menina devia (quando viva) tomar conta dos figos da figueira. Credo! Que história pra dar pesadelo!

Depois do tal sonho e da insônia, tomei uma decisão decididíssima, radical: não vou deixar fazerem teatro com o meu diário! A coisa mexe demais comigo, estou ficando ansiosa e quero é ser feliz. Vou comunicar isso ao grupo... e tenho dito!

O logotipo

Falei com o grupo e eles discutiram entre eles: Lila achava que devia ser diário, André dizia que devíamos escolher um clássico. Insinuou que montássemos uma tragédia grega, mas levou uma vaia do resto do pessoal. Foi naquele momento que Ramiro disse:

– Antes de a gente escolher o texto, já que Valéria não quer mesmo ceder o diário dela, que tal arranjar um nome pro grupo? Nós precisamos de um nome, né?

Surgiram palpites e mais palpites. No final, venceu o nome Tema, que quer dizer Teatro de Máscaras. Achei bonito. André, que tem jeito pra desenhar, já bolou um logotipo. Eu não sabia o que era logotipo, fiquei com vergonha de confessar. Graças a Deus, Mariana perguntou:

– O que é logotipo?

Ramiro inventou de ter que sair da sala pra fazer pipi. Aí, caímos em cima dele, dizendo que ele estava inventando coisa, pra não confessar que não sabia, sendo o diretor do grupo. Ramiro ficou enfurecido e saiu assim mesmo, gritando que estava apertadíssimo.

Francisco perguntou pra Fabiana:

– E, afinal, o que é logotipo?

Fabiana pensou e disse que sabia, mas tinha esquecido. André explicou:

– Logotipo é uma marca, um tipo de letra, desenho, ou desenho e letra, que vai marcar o nosso grupo. A Kibon tem um logotipo, a Coca-Cola, a Antártica, o Bob's, entendem?

– Eu sempre soube o que era logotipo – menti. Droga! Por que será que eu sempre tenho que fingir que sou a tal?

Depois fiquei olhando pra Lila, que ainda insistia no meu diário. Se ela soubesse que eu a chamei de ingênua-idiota, será que ainda ia querer, hein?

O nosso logotipo ficou um barato! André desenhou uma máscara rindo, a outra chorando, símbolos da comédia e da tragédia. Francisco achou que era óbvia demais. Mas ele queria o quê? Ora! Depois aconteceu uma coisa fantástica: André tem uma irmã, já adulta, que disse que vai ajudar. Ela fez teatro. O nome dela é Joana. Ela sabe fazer bonecos fantoches e máscaras. Vai ser pra lá de ótimo! A única chatice é que ela gosta de tudo muito arrumado, organizado. Mas André bota a irmã na linha, ele prometeu.

Acabou entrando mais gente para o grupo: veio a Paula, que sabe dançar e tem jeito pra coreografia. E veio a Júlia, irmã da Paula, que tem mania de livro, tem uma biblioteca organizadérrima, só dela. E a avó da Júlia foi atriz de teatro e escreve livros para crianças e adolescentes. Daí, decidimos visitá-la, pois recebemos um convite para ir lá à casa dela, em Petrópolis. Como amanhã é dia de São Sebastião e no Rio é feriado, resolvemos ir. Quer dizer: é feriado para os adultos. As aulas ainda não começaram. Mas feriado, mesmo quando a gente está de férias, tem gosto de feriado, ora! Vamos todos de ônibus, vai ser um sarro!

A ida a Petrópolis

Hoje subimos a serra de Petrópolis. O dia estava lindo: o céu azul, cheio de nuvens-carneirinhos.

Fomos conhecer a casa da avó da Júlia. Seu nome é Sylvia Orthof e eu queria conhecê-la, porque já tinha lido livros dela.

A casa fica no alto de uma ladeira. A gente desce na Estação Rodoviária, sobe uma rua torta, depois vira pra esquerda, na segunda rua sobe mais... e chega lá. Ela é casada com o Tato, que é ilustrador de livros, colega do meu pai desenhista.

A casa fica no alto de uma escadinha. O jardim é todo plantado de maria-sem-vergonha.

– Adoro as marias-sem-vergonha! São florzinhas do mato, nascem à toa, colorem as escadas, a grama, não são metidas a besta como as orquídeas! – disse a avó da Júlia. Ela é gorducha, usa óculos e dá risada. E Tato é careca, tem olhos muito azuis. Ele explicou que o nome dele queria dizer "papai", em polonês. O nome verdadeiro dele é Samuel Gostrote... Gostrotok... Esqueci! Mas eu anotei no meu caderninho e vou dar uma espiada, pra saber como é mesmo o raio do nome tão complicado. Achei: é Gostkorzewicz. Credo!

O lanche estava esperando por nós: bolo, cachorro-quente, suco de laranja, e tinha uns docinhos portugueses, chamados toicinhos do céu.

– Eu amo os nomes de certos doces: toicinhos do céu, barrigas de freira, olhos de sogra, casadinhos... – disse Tato, com seu sotaque polonês, explicando que na Polônia também existiam nomes incríveis para doces. Foi dizer um, tinha tanta consoante sem vogal que caíamos na risada. Ninguém conseguia repetir!

Aí, Sylvia contou que era viúva e que Tato também era viúvo. Eles casaram, ela já com quarenta anos. Aí, ela ficou com aquele sobrenome, além de Sylvia Orthof, tinha que assinar o tal do Gostro... Gostropok... sei lá, aquilo que anotei e já esqueci.

– Eu levava uma cola do nome na bolsa. Na hora de assinar, eu puxava o papelzinho e ia copiando, letra por letra. As pessoas me olhavam espantadas e eu tinha que explicar! – disse Sylvia.

Daí surgiu uma conversa sobre palavras e sons. Eu disse que gostava da palavra *farofa*. Ramiro escolheu *etc.* Mariana disse que não gostava de *hipopótamo*.

– Eu acho que, se hipopótamo fosse fruta, seria jaca! Não sei por que, mas acho que a jaca é o hipopótamo das frutas! – exclamou Sylvia.

– Eu acho que a palavra *maremoto* tem um som que combina com *piriri*.

– O que é *piriri*? – perguntou Tato, muito polonês.

– É diarreia, dor de barriga! – gritou André.

– Será que o oceano fica com piriri, quando acontece um maremoto? – perguntei.

A conversa era loucamente fantástica. Achei que todos nós criávamos alguma coisa, mesmo sendo brincadeira, ou por ser brincadeira.

– Sabe que isso que estamos fazendo poderia ser um laboratório teatral? – disse Ramiro.

E descobrimos que muitos atores de teatro, antes dos ensaios, ou em aulas de escolas dramáticas, inventam, transformam, deixam a imaginação à solta.

– Eu acho que, antes de escolherem um texto, vocês deveriam brincar com palavras, sons, inventar personagens, bichos, danças, passos, cores. Quem sabe, o espetáculo de vocês pode nascer de reuniões assim, onde vocês se acostumassem a soltar a imaginação? – sugeriu Sylvia.

A volta

Foi um barato: voltamos pro Rio de ônibus, brincando com palavras, sons, o que fosse possível:

– Rosa cor de rosamente rosa!

– Maria-sem-vergonha, de vergonha virou rosa!

– A rosa tinha espinhos. Eram agulhas de prata, platina, diamantes. Eram estrelas pontiagudas, luas, unhas de gato irritado!

– Atirei o pau no gato-to
mas o gato-to
não morreu-reu-reu
Dona Chica-ca
'dimirou-se-se
do berrô, do berrô que o gato deu:

– Miau!

– Atchim!

– Manuel!

– Au-au!

– Girassol, carnaval, original!

– Etc. e tal!

– Frescobol!

Os outros passageiros, espantados, nos olhavam. Mas, pouco a pouco, entenderam e começaram a entrar no jogo criativo. E uma senhora, magrinha, cabeça branca, soltou a imaginação, abriu um guarda-chuva e gritou:

– Chuva, chuvisco, trovão, riacho, rio, mar, e o que mais se inventar!

– Peixe, tubarão, comerciante, capitão... capitania dos portos... capitanias hereditárias... geografia! – gritou um rapaz, que tinha o braço tatuado.

– Credo, cruz, inflação, arroz e feijão, pega ladrão! – berrou o motorista.

O ônibus era uma gritaria só. E, de repente, aconteceu o que nossa imaginação não previra: fomos barrados pela polícia rodoviária. Quer dizer: não fomos parados, o ônibus parou, porque havia um conserto na estrada, e a gritaria era tanta, que a polícia rodoviária, que estava de prontidão no acostamento, resolveu entrar no ônibus pra ver se aquele pessoal estava com tóxicos, sei lá.

André aproveitou que era menor de idade e gritou:

– Caramujo, eletricidade, rosca de pão de mel, blitz!

– Rei, rainha, polícia, eletricista, escravo de jó, bão-balalão! – exclamou a velhinha, ainda de guarda-chuva aberto dentro do ônibus.

– Seus documentos, minha senhora! – disse o policial.

A velha estava eufórica, custou a entrar na real. Aí, ela fechou o guarda-chuva, abriu a bolsa, tirou lenço, pente, retratos dos netos, chaves, até que encontrou uma carteirinha com o retrato dela. Era uma carteira de identidade velha, onde a velha era moça. O policial olhava para o retrato, olhava para a velha... Aí a velha, sorrindo, explicou:

– Seu polícia, desculpe a brincadeira! Estamos jogando o jogo da imaginação. O senhor deve ter achado esquisito... e é esquisito mesmo. De repente, este ônibus virou criança, e eu me larguei. É coisa de felicidade, entende?

O policial não entendeu. Devolveu a carteirinha. Depois disse:

– É perigoso perturbar o motorista. Mais calma, por favor, e boa viagem!

Mas quando o ônibus partiu, de longe, o policial gritou:

– Boa viagem, bons ventos, cuidado com os documentos, senão vocês acabam passando por maus momentos!

– E vamos ver sol quadrado, de braço dado com dois sargentos! – berrou a velhinha, eufórica.

O encontro

Hoje Lila veio me visitar e descobri que ela é totalmente diferente do que eu imaginara. A gente tem mania de rotular as pessoas e custa a descobrir que, sobretudo na nossa idade, as pessoas mudam, crescem, se modificam.

Lila veio e, enquanto tomávamos uma coca, senti uma tensão no ar. Lila estava escondendo uma lágrima teimosa, que aflição! Fiquei aflita, porque ela fingia estar normal e aquele olhar molhado, perturbando.

– O que foi, Lila?

Era como se eu tivesse dado um empurrão nela e ela despencasse com a pergunta. A lágrima, que estava suspensa, virou um mar. Lila se afogava em tristeza, eu queria ajudar, lembrei que talvez fosse bom ir buscar um copo com água e açúcar, remédio infalível de minha avó.

Aí, pouco a pouco, depois de beber a água, Lila foi conseguindo se controlar. O outro copo, o de coca, na tempestade, tinha caído sobre a toalha da mesa. Era só um resto, e o momento estava tão denso que nem me importei em enxugar o líquido derramado.

O silêncio estava ainda pingando, meio coca-cola derramada, meio lágrima de Lila. E eu cheguei perto dela, passei o braço em volta dela, senti que Lila era minha amiga e que eu era amiga dela... E se repito a palavra *dela*, é porque o *dela* virou uma coisa importante no sentimento daquela hora. Descobri que, ultimamente, tenho sofrido e vivido muito os "eu, eu, eu"... esquecendo, ou zombando dos "eles, deles, elas, delas".

Lila acabou falando:

– Lá em casa, Valéria, a situação anda difícil. Eu tomei conhecimento da crise do Brasil, foi de repente. Minha mãe está muito ansiosa: imagina que ela precisou vender a nossa casa. Ela botou o dinheiro pra render, o rendimento não cobre a inflação... Daí, a gente vai diminuindo tudo. A gente comia carne todos dias, mamãe cismou de virar vegetariana... e descobri que era por economia! Ela está com vergonha de dizer que não pode mais comprar... Coca-cola é coisa que sumiu da nossa geladeira. Aí, quando você me ofereceu a coca, parece que o refrigerante virou símbolo, entende?

– Vai ver que foi por isso que você derrubou o copo, Lila.

– Foi sem querer, desculpe.

– Eu sei, Lila, que bobagem!

– Me dá um pano para eu enxugar, Valéria!

– Eu enxugo, Lila.

Enxugamos juntas. Enxugamos a coca-cola e sentimos que éramos de um país sofrido, que aquela coca derramada parecia um aviso da situação. A gente bebia refrigerantes caros, importávamos costumes.

– A gente segue uma moda feita pra aumentar o lucro dos outros! – disse Lila.

– Eu fiquei com raiva. Não bebo mais coca!

– Isso é bobagem, Valéria! Deixa de ser criança!

Lila me chamou de criança e descobri que sou. Simplifico demais, não é deixando de beber refrigerante que vou salvar a pátria.

Lila continuou:

– Sabe, a gente mora num apartamento e tinha uma casa. No início, o aluguel da casa ajudava na despesa. Mamãe é viúva. A pensão que ela ganha não dá pra nada. Aí, o aluguel foi diminuindo, a lei só protege o inquilino... Parecia que nós éramos os ricos, e o inquilino era o pobre... Mas era diferente: o inquilino era bem mais rico do que nós... Aí, como o inquilino não saía, o aluguel era antigo, minha mãe resolveu vender a casa, aplicou o dinheiro e se ferrou.

– O que sua mãe faz?

– Ela é professora, como a sua mãe. Ser professora, agora, no Brasil é difícil, você sabe! E foi daí que, enquanto vocês estavam na farra, lá em Petrópolis, na casa de Sylvia Orthof, numa certa hora conversei com a Sylvia em particular. Contei um pouco da minha aflição.

– E ela?

– Me deu um beijo, disse que entendia demais. Explicou que dois filhos dela tinham ido embora do Brasil e que isso era uma dor muito grande para ela: a falta de futuro dos jovens. Contou que trabalhava com um grupo de teatro, em Petrópolis. Junto com o pessoal moço, parece que estava junto dos filhos. E ela me entregou um texto de teatro, muito guardado. Eu li, é triste, mas fala da nossa situação. Eu acho que teatro é pra falar da hora, do tempo da gente.

Pedi pra ler. O texto se chama: *Quem roubou o meu futuro?*

Depois de ler, é texto adulto, entendi que era o que eu queria apresentar com o grupo. O pessoal leu e teve gente que chorou, porque muitos de nós estamos num momento de crise. Não é só a crise da adolescência, não!

O teatro fez com que eu tivesse um encontro comigo mesma. Não era coisa muito fácil de ler, mas nós, brasileiros, temos que assumir que a adolescência está igual a um pulo.

Eu era criança, dei um pulo, preciso assumir a verdade, me encontrei adulta, ou quase...

– Lila, eu preciso dizer uma coisa pra você...

– O que é, Valéria?

– Nós somos inquilinos. Nosso apartamento é alugado. Eu acho que a coisa está mais preta pra nós do que para os proprietários, Lila!

– É... depende dos proprietários e dos inquilinos. A coisa está de amargar pra quem vive de salário... Mas tem gente, do alto escalão das cifras, que tem cada salário de marajá!

– São poucos os muito ricos...

– E são muitos os muito pobres.

– Quando a gente for adulta, Lila, a gente tem obrigação de lutar por um país melhor!

– E eu acho que, se a gente faz teatro, o teatro vai falar um pouco por nós! Eu acho que somos adolescentes adultos, é isso. Hoje completo 14 anos...

– Verdade? Feliz aniversário... Mesmo sem festa!

O bilhete

Recebemos um bilhete da Sylvia. Dizia o seguinte:

Querido Grupo Tema,

Já que vocês decidiram montar meu texto, agradeço e envio as explicações pedidas.

É um texto aberto. Não tem personagens fixas. A roupa é a de todos os dias. Pode, também, todo o grupo escolher uma cor, algo que crie uma unidade.

A música vai ser inventada por vocês. O diretor vai escolher quem fala o quê, já que nada é amarrado.

A Colombina, no texto, simboliza a mãe-pátria, que quer seus filhos aqui. O melhor é representar como um jogral, usando música, expressão corporal e emoção.

Entrego o texto. Peço cuidado com as falas: é poesia. Esquecendo ou acrescentando palavras, o verso fica de pé quebrado! Este é um texto pra ser musicado. Pra manter o ritmo, e porque a fala, no teatro, é "direta", usei e abusei da chamada "licença poética", deixando passar alguns errinhos de gramática...

Fora isso, um lembrete: teatro tem horário certo de ensaio, disciplina, responsabilidade. Um papel, depois de assumido, não pode ser largado, pois joga por terra todo o trabalho de um grupo.

Trabalhar em grupo é uma experiência de vida. Briguinhas podem acontecer, é preciso ter jogo de cintura!

Boa sorte!

Sylvia

P.S.: Há grupos que não encenam, mas fazem leituras para o público. Pode ser um trabalho interessante, se bem ensaiado. Deixo a escolha pra vocês.

2ª parte

Quem roubou o meu futuro?

(texto de Sylvia Orthof para atores muito jovens)

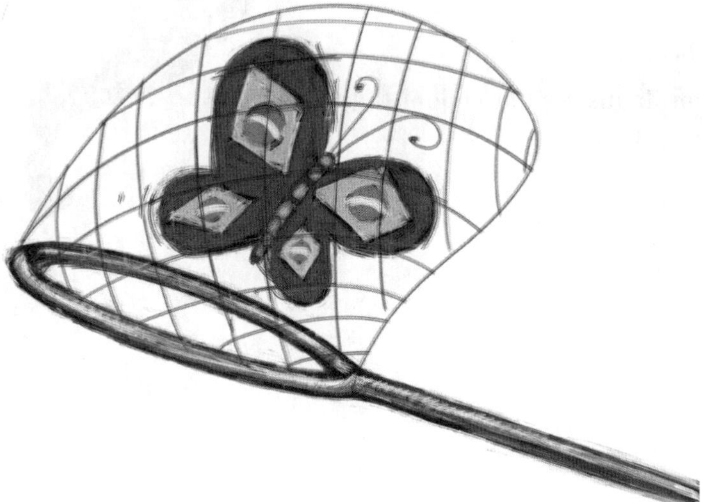

Cenário:

Um varal, onde estarão pendurados os objetos, roupas, malas, mochilas, o que for necessário para o espetáculo.

Personagens:

Palhaço
Colombina (será Maria e mãe-pátria)
Personagem 1
Personagem 2
Personagem 3 (será o filho que parte)
Coro (mínimo 3)

Os atores acima podem fazer todos os papéis seguintes, ou, se o grupo for grande, novos atores interpretarão:

Cuca 1
Cuca 2
Cuca 3
Bruxa
etc.

Música:

Um flautista e um violonista (podem ser os atores).

(Entra um grupo, batem palmas, pandeiros, pequenos tambores, como se fosse um elenco de circo chamando para o espetáculo.

Entra um jovem. Sobre a roupa normal, usa uma gola de papel crepom, tipo gola de palhaço. Vem maquiado de palhaço.)

Palhaço
Hoje tem marmelada?

Vozes ao fundo
Tem, sim, senhor!

Palhaço
Hoje tem goiabada?

Vozes ao fundo
Tem, sim, senhor!

Palhaço
E o palhaço, o que é?

Vozes ao fundo
É ladrão de mulher!

Palhaço
Ei, gente presente,
gente ausente,
eu peço um tico-tico de atenção!
Sou o palhaço da lua,
sou da estrela e do dragão!
Sou gato miando: miau!
E sou o cão: au! au! au!
Sou o teatro, pé sem sapato,
cadê meu mingau?

Muda o ritmo
Ei, gente, eu brinco por fora,
eu choro por dentro!

(Surge colombina. Por cima da roupa normal, gola de colombina, gestos bailarinos.)

Colombina
Vim da estrela, vim do sol,
vim do branco da neblina,
peço palmas, minha gente,
eu finjo estar contente,
o meu nome é Colombina!

(Colombina rodopia, palhaço faz uma mesura para ela.)

Palhaço
Colombina, minha estrela,
brilho de purpurina!

(Colombina tira a gola do palhaço.)

Colombina
Vamos mostrar o dentro do pensamento?

(Com creme, palhaço e Colombina tiram a maquiagem. Quem traz o creme é a personagem 1.)

Palhaço
Tiro a cara de palhaço,
faço e desfaço,
mostro o traço da tristeza.

Colombina
Eu também faço o que faço,
desmancho o riso e o traço! *(Tira a maquiagem, mostra o rosto.)*

Personagem 1
Ei, gente, pedimos a esmola de um tiquinho de atenção!

(Palhaço, Colombina e 1 passam chapéus, que são retirados do varal. Andam os três, de chapéus nas mãos, esmolando entre as pessoas da plateia.)

Ex-Palhaço
É só um pouco, um pouquinho de atenção!

Personagem 1
Pedimos de chapéu na mão! Pedimos a esmola da atenção!

Ex-Colombina
Meu chapéu
de céu e chão
pede a vossa
atenção,
pede um cruzeiro,
novo cruzado,
um tostão de emoção,
pede um trocado,
irmão!

Personagem 2 (Entrando.)
Por dentro me choro inteiro,
sou você: sou brasileiro!

Personagem 3 (Entrando.)
Pega ladrão!
Fui assaltado!
Roubado,
mãos pro alto!
Houve um assalto!

Ex-Palhaço
Quem roubou?
Quem assaltou?

Personagem 3
Roubaram o meu futuro.
Sou jovem,
estou duro,

não sei o que estudar,
o que fazer,
pra onde ir...
(Aponta a plateia.)
Eu sou você!

Personagem 2
Disseram que o amanhã foi exportado.
Venderam o nosso amanhã,
foi no mercado!

Ex-Colombina
As palavras estão coladas nas paredes.
Somos peixes em redes.

(Alguém canta, acompanhado de violão.)

Como pode um peixe vivo
viver longe da água fria?
Como pode um peixe vivo
viver longe da água fria?
Como poderei viver,
como poderia viver
sem a tua, sem a tua, sem a tua companhia?

Ex-Colombina
Meu coração parece um pássaro.
Pássaro assustado, batendo as asas do coração...
Ainda que seja tarde, nossa vontade arde!

Ex-Palhaço
A vontade tem vontade,
sou jovem, meu canto é claro,
eu disparo o pensamento,
eu sou jovem, contra o vento,
quero de volta o futuro,

quero a minha dignidade,
respeitem a mocidade!

(Pausa.)

Ei, vocês, que venderam meu futuro
pelo preço dos trinta dinheiros da corrupção,
vocês que deram empregos, arruinaram os verdes
da minha bandeira,
escutem com atenção:
sou o novo pensamento,
pra vocês, sou contramão!

Canto
Roda pião, bambeia pião!
Sapateia no tijolo, pião!
Roda pião, bambeia pião!

Personagem 1
Não tem jeito, somos da América do Sul...
De que jeito que vai ser? O que vai acontecer?

Personagem 2
Na hora do Deus dará?
Na hora do Deus amém?
Na hora de Deus, talvez?
Em qual dia, hora ou mês?

Personagem 3
(Como se dissesse uma ladainha. Coro, em boca fechada, emite sons de canto gregoriano ou algo assim.)

Na hora de Deus, adeus,
eu vou, não posso esperar.
Minha vida tem urgência,
mocidade quer lugar!

A hora bateu no dia,
o dia bateu na aurora,
minha gente, estou com pressa,
não tem jeito, vou embora!
É triste dizer adeus,
mais triste é esperar,
se eu espero perco o trem,
na hora de Deus, quem vem?
Na hora de Deus, quem vai?
Adeus, minha mãe, meu pai!

Vou m'embora deste chão,
meu futuro já partiu,
a mentira tem um dia:
é primeiro de abril!
Meu coração vai chorando,
Saudade, capital Brasil!

Personagem 2
E quem não tem capital?
E quem nem tem capital pra se mandar?
E quem, de tão roubado, tem que ficar?
E quem precisa estar
de mão pro alto
no assalto?
O que faço com meu passo?
Meu espaço, meu compasso,
bate, bate, coração, irmão!

Ex-Palhaço
O último a deixar o país é mulher de padre!

(Debandada. Mochilas e malas surgem, retiradas do varal. Um tambor bate, em compasso de coração sofrendo.

Personagem surge com uma tabuleta onde se lê: "Aeroporto Internacional do Vou M'embora".)

Personagem 1 (Coloca um quepe de aviador.)
Os aviões estão lotados.
Não tem lugar pra debandada!
Só permitimos vinte quilos.

Ex-Colombina
A saudade pesa toneladas...
Como você vai embarcar com tanta tonelada
de saudade amargurada, filho?
(Coloca um lenço verde e amarelo na cabeça, torna-se mãe-pátria.)
Filho, escuta, pensa, não faça tudo assim,
sou tua mãe-pátria, filho, espera...
Eu sou o outono, você é a primavera!
Vai chegar a estação das flores... um dia!
Se eu fosse você, eu não partia.
Você está com excesso de peso na bagagem...
Não faça essa viagem!

Filho, meu filho,
meu estribilho!
Espera!
Eu sou o outono,
você é a primavera!
Esta saudade pesa uma tonelada,
esta bagagem, filho, está muito pesada!

Personagem 1
Só permitimos
vinte quilos.
E um passaporte
de turista,
não insista!
Lá fora o dólar
dá risada do cruzado.
Anda depressa, o futuro está atrasado!

Personagem 3
(Jogando fora as roupas da mochila, atirando tudo para longe.)
Jogo fora este sapato,
jogo fora este casaco,
jogo fora a camiseta,
jogo fora a malha preta,
jogo fora esta saudade,
vinte quilos vou levando,
vou m'embora... Mãe, não chora!

Ex-Colombina
Até quando?

Personagem 3
Vou m'embora pra Espanha,
vou viver em Barcelona,
chega de viver na lona,
lona é teto de palhaço,
eu preciso de espaço
pro amanhã!
Até amanhã!
Vou m'embora pra Lisboa,
Nova Iorque, Canadá,
está na hora, mãe, não chora,
voltarei com muito dólar,
muito rico vou ficar!

Ex-Palhaço
Com passaporte de turista?
Você vai trabalhar sem documento?
Olha só o contratempo marginal!
Eu fico, não leve a mal.

Personagem 2
Eu não tenho capital

pra seguir assim, tal qual...
Senão, eu ia agora
pras bandas de Portugal!

Ex-Palhaço
O medo é tão jovem na coragem,
viagem tão desesperada,
desamparada aventura da loucura!

Personagem 1
Tão sem direção
vai este jovem de avião.
Não fala inglês,
nem alemão,
tomou a decisão!

Personagem 3
Embarco a minha opinião,
procuro nova estação,
adeus, meu chão!
(Beija a mãe-pátria.)

Ex-Colombina
Se eu soubesse rezar
seria esta a hora.
Se eu soubesse rezar
como quem chora!

Ex-Palhaço
Subiu o arroz,
subiu o feijão,
subiu o dólar,
mas eu ouvi dizer
que acabou
a inflação!

Veja o jornal:
tem futebol e carnaval.
O artigo diz
que a goiabada
está congelada!

Personagem 1
E a marmelada, como está?

Ex-Palhaço
Não há perigo,
garanto e digo,
dela faltar.
A marmelada
está muito forte,
a safra é boa,
do sul ao norte!

(Mudança de clima: atores colocam chapéus de cozinheiros. Um deles, o palhaço, coloca um chapéu de bruxa. Surge uma tina, ou caldeirão.

Atenção: se o grupo de teatro tiver muita gente, esta cena será feita por novos atores e os outros ficarão sentados pelo chão, fazendo o coro.)

Cuca 1
A marmelada é
muito usada, pois
nesta panela tem
marmelo de vintém!

Coro
A marmelada é
arroz com pão, café,
e corrupção, Mané,
João, José... pois é!

Cuca 2
A marmelada tem,
tem muita gente, tem,
sociedade, vem,
provar também... que tem!

Bruxa (Mexendo com a vassoura no caldeirão.)
Eu boto pó de mico,
pipi de pulgo aflito,
misturo tudo assim
neste penico!
A marmelada faço,
sou bruxa funcional,
esta é a receita,
coisa feita,
nacional.
Sensacional!

Cuca 3
Trem da alegria apita,
quem vem de trem, quem vem?
Pra estação da Marmelada
abracadabra!

Cuca 4
Tostão virou vintém,
vintém virou mil-réis,
mil-réis subiu pro céu,
virou cruzeiro!

Cuca 1
Estou sem dinheiro, ai,
nossa moeda cai,
cai na panela,
panelada,
marmelada!

Cuca 2
Veio o cruzado, ai!
Novo cruzado tem,
mas o valor fica mais baixo
que um vintém!

Bruxa (Pega no caldeirão e oferece ao público.)
Abracadabra,
vaca magra,
marmelada!
Quem quer provar
desta receita
abruxalhada?

(Saem pela plateia, oferecendo pedaços de marmelada.)

Cuca 3
O rico come, ai!
A marmelada vai
pro estrangeiro,
meu dinheiro
s'embarcou!

Cuca 1
Está na hora, gente,
de ter arroz, feijão,
a marmelada é da Bruxa Corrupção!

Bruxa
Eu sou a Corrupção,
só como caviar,
a marmelada, quem quiser, pode provar!

(A Bruxa sai, dando gargalhadas bruxentas.)

Cuca 1 (Com ironia.)
Mas hoje, graças ao patriotismo de muita gente,

não temos mais inflação,
todos têm arroz, feijão
nosso povo está contente!
A situação está excelente!

(Desfaz-se a cena.)

Ex-Palhaço
Mas continuo duro...
Quem roubou o meu futuro?

Ex-Colombina
E vocês acham que lá fora,
pra quem vai embora,
vai ser melhor... ou pior?

Personagem 1
Não há mal que sempre dure!

Personagem 2
Nem bem que nunca se acabe!

Personagem 3
Vou ser um *boy*,
lavar panela,
vou ser garçom
em Amsterdam,
colher tulipa,
pintar parede!

Ex-Colombina
Mas você, filho,
Você é formado em biologia!

(Volta a entrar o grupo dos cozinheiros. Ou, se os mesmos atores fizerem todos os papéis, 1, 2 e 3, junto com o Ex-Palhaço, colocam turbantes, imitam Carmen Miranda e cantam em coro.)

Coro
Somos biólogos,
e arqueólogos,
e musicólogos,
somos artistas
na corda bamba,
dançamos todos,
dançamos samba!

O que que a baiana tem?
O que que a baiana tem?

Personagem 2
Quer dizer que dançamos?
Dançamos pra valer? *(Pausa.)*

Personagem 1
Eu tenho uma ideia:
vamos viajar com o nosso espetáculo!
Afinal, somos ou não somos
uma trupe de teatro?

Personagem 2
Mas a gente fala português.
Pouca gente fala português!

Personagem 1
Só se a gente for pra Portugal!
Que tal?

Ex-Palhaço
Dizem que os portugueses
estão sem aguentar
tanto brasileiro...
E se a gente fizesse um espetáculo
de mímica?

Algo que não precisasse da palavra?
Vocês lembram daquele exercício de teatro?

Personagem 2
Qual?

Ex-Palhaço
Aquele exercício em que a gente imita,
em mímica,
uma árvore crescendo?
A árvore nasce...
(Faz em mímica.)
e cresce aos poucos...
os galhos se alongam...

Ex-Colombina
(Abre um guarda-chuva, que estava pendurado no cenário.)
A chuva cai.
A chuva cai forte.
(Todos imitam árvores balançando na chuva, sob um temporal.)

Ex-Palhaço
As ruas ficam alagadas.
Os raios transbordam.
Chove, chove e chove!

Personagem 1
Transborda o lixo!
Transborda papel,
pano,
tinta,
pedra,
bosta,
galho,
galinha,

pato,
pata,
gato,
cachorro,
automóvel...

Ex-Colombina
Mas eu gosto do meu país por causa do clima:
tanta terra, tanto litoral,
tanta montanha...

Ex-Palhaço
Olha a montanha descendo,
olha o morro desabando!
(Todos correm, aflição geral.)

Ex-Colombina
Devastaram demais.
Se a gente não cuidar da floresta...
é isso aí.
Mas agora, agora temos leis
que protegem a ecologia.

Personagem 3
O problema é um só, gente!

Ex-Palhaço
Só um problema?
Então, qual é?
Um probleminha só?
Ora, isso a gente resolve.
Pra quê tanto bode?

Personagem 3
O problema é que tem lei que não pega,
essa é a regra!

Personagem 2
O problema é que tem lei,
mas nem toda lei tem peso igual.
A lei é indecentemente desigual.
Isso é constitucional,
ou inconstitucional...
ou inconstitucionalissimamente,
gente,
a lei,
às vezes,
tem manobras indecentes...

Personagem 3
Não leve a mal,
meu pessoal.
Eu quero é me mandar,
preciso me fugir
daqui.
Meu pessoal aí,
pra mãe,
pro pai,
adeus, *bye-bye*,
prometo escrever
talvez,
uma vez
por mês!
Uma vez por mês,
se a saudade transbordar,
eu juro,
vou voltar!

Eu volto no Natal,
meu pessoal!
Eu vou guardar dinheiro

lá longe no estrangeiro.
Eu ficarei um ano,
além do oceano,
eu vou de avião
ganhar meu pão!

Em dólar, ou em franco,
serei meu próprio banco,
serei um contrabando.
Eu viverei num bando,
sem ter identidade
serei um imigrante
sem nacionalidade?

Não leve a mal,
meu pessoal aí,
não quero ir embora,
me empurram para fora!

Só levo esta mochila,
adeus, minha família,
adeus, minha palmeira,
adeus, meu sabiá!

Ex-Colombina
Tua terra tem palmeiras
onde canta o sabiá!
Ai, filho, as outras aves
não gorjeiam como cá!

Personagem 3
Vou m'embora
pra Pasárgada,
lá sou amigo do rei!

Ex-Colombina
Filho, toma cuidado,
por favor anda na lei!

Personagem 3
Mãe-pátria, eu sei!
Não fique tão aflita,
a juventude é minha,
viagem tão bonita
pra ter o meu futuro!
Aqui não tenho vez...
Mas eu prometo:
Escrevo uma vez por mês!

Ex-Colombina
Minha culpa,
meu país!
O que foi
que de tão errado
no meu passado
eu fiz?
Calei a boca.
Dei tanto grito para dentro
que a voz do pensamento
estava calada e rouca!

(Filho abraça a mãe e parte.)

Ex-Palhaço
E agora,
distinto público presente
e indistinto público
ausente,
mudamos o visual
da cena final.

Atenção, meu pessoal:
é preciso uma estrela andante!
Pode ser confeccionada de papel,
cortada com tesoura, agora, neste instante!

Coro (Cortando uma estrela de papel prateado.)

Uma estrela fabricada
apressada
estrela andante,
repicada de tesoura,
tão depressa,
não demora!
Eis a estrela
que avança,
pés de dança
lhe emprestamos...
com a estrela nós dançamos! *(Expressão corporal, dança, a estrela surge no alto.)*

Ex-Palhaço
E agora, preciso de uma choupana!

Coro
Não temos choupana,
o aluguel das choupanas
aumenta,
ninguém aguenta
o luxo de uma cabana!

Ex-Palhaço
Não temos mais cabanas?
Então, estrela dançante,
o que serviria
para proteger Maria?

(Todos pensam. Silêncio aflito.)

Lembrei, já sei:
eu seguro esta barraca de praia,
assim, aberta e tropical!

Ex-Colombina (Cobre-se com um manto.)
Foi aqui que nasceu meu filho,
aquele que partiu
depois de crescer.
Ele disse que procurava seu futuro.

(Entra um boi, seguido de uma burrinha das festas folclóricas. Ritmo de palmas.)

Coro canta
Oi, lê,
oi, lalá,
burrinha chegou,
oi, oi,
e veio com o boi!
Boi, boi!
E veio pra dizer,
oi, lê,
e veio pra contar,
oi, lalá,
que o tempo virá!

Ex-Palhaço
Que tempo será,
oi, lê?
Que tempo virá
pra cá?
Maria senhora,
oi, lê,
cansou de esperar,
sinhá?

Ex-Colombina
(Debaixo do guarda-sol. Lembrando um maracatu.)
Eu sou a senhora dona,
vim bailar neste espaço,
o meu pé vai com meu passo,
maracatu é diferente,
mesmo assim sinto o compasso
da estrela radiante,
o meu pé segue o caminho,
já pisei muito espinho,
oi, lê, oi, oi,
de um lado está a burrinha,
de outro lado está o boi!

Boi
Uma barraca de sol,
uma estrela de papel,
uma muié mãe senhora,
parece com outra história,
hein, seu jumento-burrinha?

Burrinha
Sou burrinha e canto alto,
vim dizer que vi, que vi...
escutei na mata longe
o canto de um bem-te-vi!
Escutei uma flautinha *(Entra flauta.)*
que era um sabiá.
Tem coisa muito bonita
que vem chegando pra cá!

(Entra um bem-te-vi.
Ator segura uma gaivota de papel na mão, gira, pula e diz.)

Eu
bem
que
vi!
Eu
bem
que
vejo!
Eu
anuncio!
Eu
pio
e
vi,
sou
bem
te
vi,
eu
vi
e
vejo!
Eu
bem
te
vi,
te
mando
um
beijo!

(Ator volteia. Atores, em volta, batem palmas no ritmo. A cena deve dar a impressão de um amanhecer nos volteios de um passarinho.

No final da fala, ator que segura a gaivota de papel, que simboliza o bem-te-vi, atira a gaivota em direção a Maria-Ex-Colombina. Maria apanha o pássaro de papel, faz carinho nele.)

Maria – Ex-Colombina
Que bonita misturança
nesta poesia de dança,
bem-te-vi, branco papel,
mensagem de vento e céu?

(Surge o sabiá. A gaivota de papel na mão de outro ator.)

Sabiá
Minha voz
tem voz
de flauta...

(Alguém toca flauta.)

Sabiá
sei sábio ser!

Eu
sabia,
sabiava,
minha voz
tem voz de flauta...

(Volta o som da flauta.)

Minha voz
de sabiá
tem nota alta,
flauta...

(Voltam sons de flauta.)

Vim dizer
anunciar,

na voz de um sabiá,
pra burrinha
e pro boi,
pra estrela feita de prata...
Sabiá
faz serenata!

(Voltam sons de flauta.)

Boi
Seu jumento-burrinha,
me diga,
o que virá?

Burrinha
Faz tempo
que o tempo foi
e viajou pra lá...
O que será
que anuncia
um sabiá?
Hein, boi?

Coro da estrela
É de estrela e lua bela,
é de céu, terra e papel,
é de mata e serenata,
é de tempo que virá: sabiá?

Ex-Palhaço
Sinto um cheiro de alegria
que se chega num repente...

Ex-Colombina, agora Maria
Ouço passos,
ouço sinos...
(Sinos.)

(Surgem três rapazes: um é negro, outro é oriental e o terceiro é branco.)

Os três
Nós somos os três,
o um,
o dois,
o três!
Nós somos
os reis.
O um,
o dois,
o três.

1º Rei (Negro.)
Eu trago o passado
libertado.

2º Rei (Branco.)
Eu trago o presente
diferente!

3º Rei
Eu sou oriental
e trago um cartão-postal:
futuro, etc. e tal!

Ex-Palhaço (Lendo o cartão.)
Mãe,
estou voltando
no Natal!
Senti
e bem que vi
e sabiei,
e agora sei

que meu futuro
mesmo duro e incerto,
está aí
e vou lutar,
e vou mudar
o que de errado aconteceu!
Minha terra tem palmeiras
onde canta o sabiá,
as aves que aí gorjeiam
vou lutar pra conservar!
Os rios que aí se escrevem
nas lágrimas eu naveguei,
mas bem te vi e sabiei...
Minha voz,
agora é alta...
é voz de flauta!

(Melodia de flauta, alegre e vibrante.)

Maria Ex-Colombina
A letra é dele,
ele escreveu, afinal,
e manda um
cartão-postal!

Os Reis
Passado,
presente,
futuro
encontrado,
perdido,
achado,
o tempo
chegando,

teu filho
voltando
presente
mais lindo,
a pátria
sorrindo,
em estrela do céu!

Coro da estrela
De prata,
de ouro,
de simples papel,
a estrela
é o caminho
do pé que partiu,
ó pátria Maria
amada,
meu chão Brasil!

(Sabiá começa a voar, na mão do autor.)

Sabiá
Na minha mão
voa a vontade!

Ex-Palhaço
Olha quem está chegando!
É ele,
ele chegado,
vem buscar o seu futuro
aqui
na terra presente!

(Volta o rapaz que partiu – Personagem 3.)

(Mãe e filho se abraçam, boi e burrinha, estrela, forma-se um presépio sob um guarda-sol, só que o filho já é adulto.)

Ex-Colombina
Filho, cuidado.
Existe uma história parecida,
onde um menino,
depois de homem,
acabou crucificado!

Ex-Palhaço
Mas essa é outra história.
Este rapaz viverá.
Vai ter muito que lutar
pra mudar este cenário.
Mas voltou,
foi num Natal...
eis o ponto principal!
Um novo itinerário!

Boi (Bumbando, ao som de palmas.)
Esta festa é
pra dançar no pé,
esta festa foi
do burro e do boi,
esta festa é tal
quase um Natal,
boi-bumbá do povo
viva um tempo novo
boi-bumbá do boi
chegou quem já foi!

(Os atores fazem uma ciranda e depois vão descendo para a plateia. Ali, começam a cantar.)

Gente, gente,
aqui presente,
aqui passado,

aqui futuro.
Agora em frente,
com fé no passo,
faço o espaço,
traço o meu dia,
ó mãe Maria,
ó seu José,
a nossa terra
será você!
A nossa terra
dá pra entender?
A nossa terra
será VOCÊ!

(Com as palavras "a nossa terra será você", atores abraçam os jovens na plateia e também os velhos.)

FIM DO ESPETÁCULO

3ª parte

Depois do espetáculo

Puxa, os ensaios foram uma barra! A gente começava a ensaiar, mas o problema maior é que tinha gente que não respeitava os horários. Aí, dava bode.

Nunca pensei que teatro exigisse tanta disciplina! E tem dia que baixa aquele cansaço, sobretudo quando começam as briguinhas. Acho que é por isso que manter um grupo é dificílimo. Até gente que faz aquele sucesso: de repente cada um vai para o lado, acaba. Pois aqueles coroas dos Beatles, lá da geração passada, com aquele sucesso que tiveram, não é que não aguentaram ficar juntos?

Com o nosso grupo, também, a coisa foi fogo, mas chegamos à estreia. E o que valeu, ai, que coisa boa que foi a estreia! Meu coração, quando entrei em cena e senti aquela luz em cima de mim... Lá na frente, o público. Eu não via direito, porque a luz ofuscava a vista.

Quando entrei em cena, minhas mãos pingavam de suor e o coração batia tanto que cheguei a sentir uma tonteira. Tive medo de desmaiar, esquecer, dar aquele "branco". Aí, tomei fôlego, respirei fundo e me larguei. Foi lindo, lindo, lindo!

Estou com vontade de fazer uma besteira: escrever a palavra *lindo* duzentas vezes neste diário, pra ver se gasto a emoção! Como será que a gente consegue gastar a emoção que cresce e cresce? Estou me sentindo como se fosse uma margarida. Não: eu sou um girassol. A luz do refletor me iluminou, eu sou um girassol! Porque, naquele instante da estreia, ai... eu deixei de ser uma garota como tantas e fiquei em relevo. E aí, eu só poderia ser igual a um girassol, quando ele sente a luz, e vai virando a cabeleira despenteadamente louca de tantos sonhos e se deixa iluminar, pétalas escancaradas, inteiro. Aí, quando o sol vai iluminando (escrevi iluminando já antes, acho pouco... vou escolher outra palavra)... Que palavra existirá para a claridade que brota de dentro da gente quando se é girassol, douradamente flor?

Credo! Mais um pouco e eu acabo escrevendo igual ao Camões! Ainda bem que diário é coisa trancada.

Estou cansada de me trancar, é isso. Adolescência é coisa fechada, sofridamente escura, às vezes. Por isso, amei fazer teatro, porque me descobri a mim e aos meus amigos. Mesmo com brigas, chegamos lá.

Nem sei se o espetáculo, para um crítico, teria sido bom. Valeu foi o processo do trabalho, o dia a dia da coisa. Nós não tínhamos dinheiro. Aí, fomos pedindo roupas velhas, restos de fantasias de carnaval... E as pessoas foram ajudando, catando perucas, trapos, franjas... Adoro franjas, amo! Porque as franjas fazem efeitos lindos, têm movimento!

A VIDA É MOVIMENTO!

Descobri que a vida é movimento, gente! Descobri que adolescentemente me navego.

Ih, hoje estou muito fresca! Será que a estreia me subiu à cabeça?

E se subiu, o que é que tem? Não quero mais essa bestagem de autocensura a toda hora, não quero ficar pesando palavras e gestos. Não quero, NÃO POSSO pesar meus sentimentos! Não dá pra fingir que sou uma *lady* inglesa, daquelas antigas, comportadérrimas nas atitudes.

Às vezes imagino como será uma dessas *ladys* com diarreia. Ou um desses políticos metidos a sebo, que em vez de dizerem "eu", dizem "nós", com pompa e cinismo. Acho que é esse tipo de gente que rouba o nosso futuro. Gente que faz pose, finge não usar a descarga, finge não ter intestinos.

Intestino me lembra digestão, digestão me lembra fome. Penso na fome do povo da América Latina, e aí, eu, girassol, rodopio minha cabeça descabelada de pétalas.

De repente, eu, ofuscada pelo refletor... e o povo com fome? Como é que a gente convive com o Brasil desse jeito, e eu na vaidade de uma estreiazinha de teatro de colégio?

Parei pra pensar. Eu sou duas, três, muitas pessoas. Dentro de mim, na fábrica louca do meu cérebro, fabrico ideias. Tem horas que não consigo me policiar, nem quero. Qual será a máscara verdadeira?

Engraçado. Reli e fiquei pensando: como é que cheguei a escrever tudo isso? Acho que o teatro tem um perigo lindo: ensina a gente a pensar.

É tarde, mais de meia-noite. Vou dormir. Não sei se durmo com aquele pijama velho, ou com a camisola nova que minha avó me deu. O pijama simboliza o povo... a camisola, a vaidade de mim... Eu sou idiota, ora! Vou é dormir, senão perco a hora amanhã. Preciso esconder esse diário. Se o Ramiro pegar, que vexame!

O telefonema

Engraçado: antes, eu pensava no grupo como grupo. Agora penso como equipe.

Lila é minha amiga, a gente se entende bem. Mas tem hora em que bate a bestagem na cabeça dela. Pois não é que ela telefonou dizendo que ia largar o teatro?

– Como é que você, Lila, pode largar a equipe, hein?

– Eu não vou fazer mais. Pensei, pensei e resolvi.

– É por causa do Ramiro, hein?

– É. É... e não é.

– É.

– Não é.

– Lila, eu não tenho nada com o Ramiro, isso é bobagem. Ramiro e eu somos amigos desde o maternal, entende?

Parece que Lila não entendeu. Ficou com a voz afetada, diferente. Houve um silêncio. O silêncio foi tão comprido que pensei que a linha tivesse caído. Aí, perguntei:

– Lila, você está na linha?

– Estou, estou ouvindo. Pode falar.

– Lila, escuta: a gente ensaiou tanto tempo, a gente sofreu junto com o espetáculo, estamos com data marcada para a nova apresentação...

– E daí? Eu não faço falta. Ramiro nem vai notar a minha falta. Ele nunca nota a presença de ninguém...

– Isso é injustiça, Lila! Ramiro, mesmo sem prática, foi um diretor ultrassuperdedicado!

Ouvi um clic.

– Alô, Lila!

Lila havia desligado.

Lila desligou o telefone na minha cara? Que grossura! E eu que até tinha ficado amiga dela! Acho que desligar o telefone na cara é pior do que dar um tapa, é mais covarde. Lila é uma covardona, isso é que ela é. E depois, se ela sair do grupo, a gente substitui, ora! Ninguém é insubstituível. Que coisa careta ela não entender amizade de garoto com garota! Se ela gosta do Ramiro, por que não vai à luta?

Puxa, chorei por causa do que aconteceu. Detesto chorar, acho que é uma coisa desmilinguidinha.

Foi aí que o telefone tocou e era a Lila e ela pediu desculpas e disse que andava de cuca enviesada. Fizemos as pazes. Garanti que Ramiro é só amigo. Ela pediu para eu guardar segredo, que ela não queria que Ramiro soubesse da paixão escondida e tola...

– Tola? Amor é uma coisa boa, Lila.

– Valéria, você jura que não sente nada pelo Ramiro?

– Garanto. Não gosto de jurar, mas garanto!

– E aquele beijo depois da estreia? Eu vi você dando um beijo nele, Valéria.

– Era beijo de amigo, de felicidade. Era beijo na bochecha, não era na boca. Pode ficar tranquila. Garanto!

– Valéria, desculpe, tá? Eu fico na equipe.

– Lila, se você saísse, o espetáculo perderia muito.

– Ninguém é insubstituível, Valéria.

– Mas você, Lila, você é insubstituível: você é minha amiga, minha melhor amiga!

– Você também, Valéria. Tchau... e esquece, tá?

– Esquecer o quê? Houve alguma coisa?

O segundo espetáculo

Hoje fizemos mais um espetáculo e Sylvia e Tato estavam na plateia.

Soubemos da presença deles antes de entrarmos em cena e a aflição foi tão grande, que atrasamos dez minutos, fazendo relaxamento, pensando em coisas boas. Fizemos uma roda na coxia, lá nos escuros do teatro da escola, nos demos as mãos, pensamos juntos na equipe que nós éramos. Depois, Ramiro jogou toda a energia para nós, dizendo:

– Vamos em frente, com coragem e crença. O medo não vai roubar o nosso futuro. Vamos vencer este espetáculo, vai ser ainda melhor do que na estreia!

Entramos em cena com uma garra, com uma força! Olhei pra plateia e consegui ver, ou imaginei ver, porque a luz batia nos meus olhos... imaginei, deve ter sido isso, que Sylvia estava chorando de emoção...

E estava! Sylvia veio e nos abraçou. Não foi um abracinho, foi um ABRAÇÃOZÃOZÃO!

Nós confessamos que estávamos com medo do que ela ia achar, já que o texto era dela. E aí ela disse:

– Gente, eu é que morro de medo do que os outros vão achar dos meus escritos! Escrevo sozinha, lá no meu quarto abagunçado... Ioiô, meu cachorro, fica deitado perto dos meus pés, me largo e nem penso na responsabilidade... De repente, o escrito vai embora de mim, nem posso consertar mais... Lá nas editoras tem pessoas especializadas que leem e julgam... e só de pensar, morro de vergonha e aflição. Elas podem errar, dizer que está bom, publicável... e o texto ser droga. E quando é teatro, então? Quando um texto da gente é escolhido, o grupo encenando, acreditando... e o público ali, respondendo ao que a gente escreveu sozinha, respondendo na hora, com risadas, ou bocejos, ou lágrimas... Que medo que eu tenho!

Tato, de longe, sorria e piscava seus olhos azuis. Conhecia os pavores, os nervosos da mulher.

Foi aí que nós choramingamos um pouquinho. Lila tinha levado um raminho de flores de papel (que usávamos no espetáculo) e deu pra Sylvia.

Ramiro, tímido, como nunca eu o havia visto antes, pegou na mão de Lila.

Lá estavam os dois, Lila e Ramiro, ligados por tanta coisa que passava pelo contato das mãos deles, unidas!

Lila olhou pra mim, sorriu.

Aí, fui para junto dos dois, beijei a Lila, beijei o Ramiro, e disse:

– Quero ser madrinha do namoro, hein?

Ramiro abraçou Lila e perguntou:

– Quer namorar comigo?

E a fingidona da Lila respondeu... vê se pode? Ela respondeu assim:

– Vou pensar!

Pois é, Lila é cheia de seduções. Preciso aprender com ela. Eu sempre digo o que penso.

Será que sempre digo o que penso? Estou sentindo uma coisa esquisita dentro do peito... será que estou com um tiquinho de nada de ciúmes?

Espero que passe, que horror!

Coisas de vó

Eu estava me olhando no espelho, me achando magricela demais em cima, e redonda demais embaixo. Foi aí que minha avó apareceu dizendo:

– Valéria, não me leve a mal... Mas você é totalmente contra um curso de datilografia?

Família é fogo! Eu nem respondi. Mas, depois, danei a pensar. Talvez, quando for mais velha, quem sabe, eu não iria curtir morar em Petrópolis, ter um cachorro chamado Ioiô... escrever livros e peças de teatro?

Pra dizer a verdade, comecei a escrever um texto... mas bato com um dedo só. Bati com tanta força, que a ponta do dedo empolou na catação de milho do raio da máquina de escrever. Doeu tanto, que tive que proteger o dedo com fita durex.

E se eu fizesse um curso rápido de datilografia, quem sabe?

Falei com meu pai. Ele me deu a maior força, prometendo, JURANDO que não falaria com vovó. Porque esse prazer, depois de tanta chateação, eu não vou dar pra ela!

Estou escrevendo um texto baseado em poesias de vários autores. Daí, me amarrei em uma história de amor. Fui escolhendo as poesias, escrevendo umas e outras situações entre elas... nem sei se vai sair bom. Por enquanto, cato milho com o indicador colado de durex.

Parei de escrever no meu diário por uns dias. Nem tive tempo de pensar em diário porque... entrei pra datilografia!

Acho que vou me amarrar em datilografia! No curso tem um rapaz lindo: moreno, de olhos verdes!

Ele perguntou se pode entrar pro nosso grupo de teatro. Meu coração pulou igual aquele bem-te-vi do espetáculo!

Eu sou... Eu estou apaixonada! Só agora é que sei o que é estar assim!

E tem mais: ontem à noite, depois do curso, ele me trouxe até aqui em casa. O nome dele é Bruno. Diz que estuda datilografia porque quer ser jornalista...

Depois, ele me deu uma agarrada e um beijo!

Adoro estudar datilografia!

Entrei em casa, despenteada, olhos brilhando. Aí, vovó perguntou:

– Valéria, você está esquisita... O que aconteceu?

– Vovó, vou contar um grande segredo pra senhora!

Vovó ficou atenta, largou o tricô. Ela faz tricô, mesmo com artrite nos dedos, uma mania! Mas ficou quieta e indagou, meio nervosa:

– Valéria, diga pra sua avó: o que foi que aconteceu?

Aí, eu fiz uma pausa teatral, daquelas que aprendi a fazer no teatro. Respirei fundo, dei três passos pra frente, fiz uma reverência como uma atriz que termina uma cena final e disse, com voz empostada:

– Senhora minha avó,
veja só,
que alegria:
a sua neta Valéria,
quem diria?
Entrou agora prum curso:
estuda
datilografia!

Inventei as rimas na hora, por causa de tanta rima que já decorei no teatro. Aí, vovó levantou e bateu palmas, num delírio.

Eu, de tanta felicidade, por causa do Bruno, lavei uma pilha de pratos!

O amor é mais eficiente do que uma máquina de lavar louça, garanto!

Tocou a campainha. Três garotos, às gargalhadas, vieram entregar um cartão datilografado:

VALÉRIA, EU TE AMO, TE AMO, TE AMO, TE AMO, TE AMO!

Bruno, lá atrás, gritou, sorrindo:

– São meus irmãos. Os danados roubaram o bilhete que escrevi a máquina!

Puxa, minha vida parece uma peça de teatro!

A autora

Descendente de austríacos, Sylvia Orthof nasceu no Rio de Janeiro, em 1932. Estudou teatro em Paris, na escola fundada por Jean Louis Barrault, e foi aluna de mímica de Marcel Marceau. Mais tarde, de volta ao Brasil, integrou o grupo teatral Artistas Unidos, de Paschoal Carlos Magno. Ao mudar-se para São Paulo, foi contratada pelo Teatro Brasileiro de Comédia. Depois de casada, passou a residir em Brasília, onde se tornou professora de teatro na Universidade de Brasília. Dedicou-se também à área de dramaturgia infantil, escrevendo textos, dirigindo peças, pesquisando e dando aulas. Recebeu vários prêmios nesse segmento. Ao ser convidada por Ruth Rocha para escrever histórias infantis para a revista *Recreio* (editora Abril), iniciou uma das carreiras mais fecundas da literatura infantil brasileira.

O dinamismo dos acontecimentos, o humor, a escrita criativa e questionadora, a denúncia do absurdo das formas convencionais estereotipadas que a sociedade impõe aos indivíduos como normas de comportamento ou de vida são algumas das características marcantes da produção literária desta autora.

Quem roubou o meu futuro? é um romance juvenil que resulta da combinação de vários gêneros: diário, poemas, cartas, texto teatral e prosa narrativa. Por meio da linguagem desenvolta da jovem narradora-personagem, a história vai se tecendo e expondo conflitos entre gerações, anseios próprios da adolescência, uma crítica à catastrófica situação socioeconômica do Brasil nas últimas décadas. Sua mensagem final, porém, é positiva, indicando que os jovens são a esperança de um país melhor no futuro.

Sylvia Orthof faleceu em 1997, deixando um acervo com mais de cem livros publicados, a maioria deles premiada, e ainda várias obras inéditas.

(Adaptado de: Nelly Novaes Coelho. *Dicionário crítico da literatura infantil e juvenil brasileira: séculos XIX e XX*. 4. ed. São Paulo: Edusp, 1995.)

Quem roubou o meu futuro?

Sylvia Orthof

Suplemento de leitura

Quem roubou o meu futuro? é uma história que fala da juventude, momento crítico de autoafirmação do indivíduo, e do Brasil, um país instável e desigual. Transita entre as crises de adolescência de Valéria e seus amigos e as crises econômicas do Brasil, mostrando como estas últimas acabam interferindo nas primeiras. De uma forma envolvente, leva o jovem a refletir sobre o país onde vive, sobre sua própria condição e sobre seu futuro.

Este suplemento de leitura integra a obra *Quem roubou o meu futuro?*. Não pode ser vendido separadamente. © SARAIVA Educação S.A.

Por dentro do texto

Enredo

1. No início da história, quais são os principais problemas de Valéria? Como você os classificaria?

2. O que fez com que Valéria percebesse que existem problemas mais sérios que os seus?

3. Qual a importância que o teatro adquiriu para os jovens atores do grupo Tema?

4. No livro, existem momentos em que ocorre intertextualidade, ou seja, um texto faz referência a outro texto, a outra história, a outras personagens. Registre esses momentos e indique suas referências.

ENTRE LINHAS SOCIEDADE

Quem roubou o meu futuro?

Sylvia Orthof

Suplemento de leitura

Quem roubou o meu futuro? é uma história que fala da juventude, momento crítico de autoafirmação do indivíduo, e do Brasil, um país instável e desigual. Transita entre as crises de adolescência de Valéria e seus amigos e as crises econômicas do Brasil, mostrando como estas últimas acabam interferindo nas primeiras. De uma forma envolvente, leva o jovem a refletir sobre o país onde vive, sobre sua própria condição e sobre seu futuro.

Este suplemento de leitura integra a obra *Quem roubou o meu futuro?*. Não pode ser vendido separadamente. © SARAIVA Educação S.A.

Por dentro do texto

Enredo

1. No início da história, quais são os principais problemas de Valéria? Como você os classificaria?

2. O que fez com que Valéria percebesse que existem problemas mais sérios que os seus?

3. Qual a importância que o teatro adquiriu para os jovens atores do grupo Tema?

4. No livro, existem momentos em que ocorre intertextualidade, ou seja, um texto faz referência a outro texto, a outra história, a outras personagens. Registre esses momentos e indique suas referências.

Personagens

5. Que mudanças pessoais sofridas por Valéria denotam um amadurecimento na sua conduta?

6. As personagens da peça teatral são simbólicas. Associe a personagem ao que ela simboliza:

a)Colombina	( ) o homem do povo consciente
b) Palhaço	( ) a corrupção
c)Filho pródigo	( ) o presente
d) Bruxa	( ) o futuro
e)Rei negro	( ) a pátria
f)Rei branco	( ) o jovem que deixa o país por falta de esperança
g) Rei oriental	( ) o passado libertado

7. O livro apresenta uma situação incomum, na qual a autora torna-se personagem. Você já leu algum outro livro em que

No teatro grego, no teatro Nô e na ópera chinesa, as máscaras desempenham função central, representando personagens ou sentimentos: sua forma comunica ao público as diferentes facetas da realidade abordadas pelo texto. Não por acaso o símbolo do teatro são duas máscaras: a comédia e o drama.

Além do uso festivo ou teatral, a máscara também funciona como instrumento de contato com deuses e espíritos da natureza, em rituais sociais ou religiosos: ora é usada para manter o equilíbrio da comunidade, ora serve como reforço a mitos, ora reitera laços da cultura com seu passado. Em rituais mágico-religiosos, as máscaras podem ainda desempenhar papel terapêutico, na cura ou na prevenção de doenças. Há ainda as máscaras de fertilidade, que desde as primeiras sociedades agrícolas participam da oferenda ritual da colheita aos deuses.

Moldadas com os traços da pessoa morta, além de homenagear e perpetuar sua imagem, as máscaras mortuárias estabelecem pontes entre o espírito do falecido e o espírito do universo, protegendo-o das forças malignas.

[...]

Geralmente as formas das máscaras são derivadas da natureza, seja de animais seja de seres humanos. Mas há também aquelas associadas a seres imaginários.

A criação de máscaras sempre foi realizada por artesãos especializados, muitos dos quais acreditam que são como instrumentos dos deuses: incorporam ao objeto o poder espiritual associado aos materiais usados em sua confecção ou à imagem criada.

A criatividade desses artesãos manifesta-se desde a seleção dos materiais disponíveis em seu meio – madeira, fibras naturais, vegetais, ossos, metais e pedras diversas, peles, plumas, conchas, etc. – até o tratamento e a combinação desses materiais na fase de acabamento.

ESCOBAR, Ticio. As máscaras. Disponível em: <http://evisual5.files.wordpress.com/2009/02/as_mascaras_historia_tipologia.pdf>. Acesso em: 8 set. 2014.

19. Em grupo, faça uma pesquisa sobre máscaras, trazendo para a classe textos, fotos e ilustrações de exemplares das mais variadas partes do mundo.

Atual Editora

15. Em sua opinião, essa situação mudou de lá para cá?

Produção de textos

16. Escreva um poema sobre a situação econômica do Brasil nos dias de hoje, usando a técnica da livre associação de palavras, aproximando-as tanto pelo significado como pela sonoridade.

17. Você acha que o teatro tem a capacidade de despertar o espectador para a realidade que o cerca? Escreva uma dissertação sobre esse tema.

Atividades complementares

(Sugestões para Teatro e História)

18. O texto abaixo fala sobre máscaras, um dos elementos mais tradicionais do teatro, presente em praticamente todas as culturas. Leia-o atentamente e discuta-o com seus colegas.

A máscara, a outra cara, a outra identidade ou representação, vem sendo usada pelos grupos humanos desde o Paleolítico. Ela cobre o rosto – e, às vezes, também o corpo – para disfarçar, ocultar ou revelar a identidade daquele que a usa.

Nas sociedades contemporâneas da América Latina e da Europa, as máscaras geralmente estão ligadas a festas de origem religiosa ou pagã, principalmente aos bailes e cordões do carnaval. Mas também se veem mascarados nas processões e festividades associadas à quaresma, assim como em representações teatrais.

ocorresse essa situação? Como você entende essa autora-personagem?

Linguagem

8. No capítulo “A volta”, a turma de Valéria resolve brincar com as palavras, envolvendo todos os que estão no ônibus. O jogo lúdico com as palavras, aproximando-as por seu significado ou por sua semelhança sonora (rima) é um dos pontos de partida da poesia. Procure, nesse capítulo, um exemplo de cada uma das possibilidades citadas acima para a aproximação de palavras. Aproveite e procure no dicionário o significado de *rima*; talvez ajude a identificar os exemplos.

9. Percebe-se o mesmo jogo de palavras na peça *Quem roubou o meu futuro?*. Porém, como se trata de texto poético, acaba-se misturando as palavras semelhantes pelo som e pelo significado numa mesma estrofe. Escolha uma estrofe da peça em que ocorra

essa mistura e identifique as palavras que são aproximadas pelo significado e as que são aproximadas pelo som.

10. O texto usa muito a linguagem *conotativa* ou *figurada*, isto é, as palavras não são utilizadas em seu sentido próprio, habitual, literal, de modo que é preciso interpretá-las. As expressões abaixo são exemplos disso, ou seja, estão no sentido conotativo. Explique seu significado, conforme o exemplo: "Somos peixes em redes": Somos pessoas sem liberdade.

a) "Meu coração vai chorando" (p. 34): __________

b) "Esta saudade pesa uma tonelada" (p. 35): __________

c) "(...) eu sou um girassol" (p. 61): __________

d) "Estou cansada de me trancar" (p. 61): __________

11. A linguagem empregada em *Quem roubou o meu futuro?* é bastante informal e próxima da linguagem oral. Muitos autores fazem essa opção para aproximar as personagens da realidade do leitor. Por exemplo, Valéria é uma jovem de classe média e, como tal, usa determinadas gírias na sua fala. Você também usa gírias? Que gírias você usa e se encontram no texto e que gírias você usa mas não se encontram no texto?

12. Assim como num poema as palavras podem ter um sentido conotativo, numa peça de teatro as ações muitas vezes têm um significado simbólico. Pensando nisso, como você interpretaria o fato de, no início da peça, o Palhaço e a Colombina tirarem a maquiagem na frente do público?

Espaço e tempo

13. O livro *Quem roubou o meu futuro?* foi publicado pela primeira vez em 1989 – ou seja, já faz algum tempo. Que elementos do texto você destacaria para demonstrar que a história não se passa agora?

14. Qual a situação geral do país descrita tanto na história de Valéria quanto na peça *Quem roubou o meu futuro*?

Luiz Antonio Aguiar

A MÚMIA QUE DANÇAVA ROCK'N'ROLL
e outras histórias

Ilustrações
MARTA NEVES

Conforme a nova ortografia

Formato

FICHA CATALOGRÁFICA

Dados Internacionais de Catalogação na Publicação (CIP)
(Câmara Brasileira do Livro, SP, Brasil)

Aguiar, Luiz Antonio
A múmia que dançava rock'n'roll e outras histórias / Luiz Antonio Aguiar;
ilustrações Marta Neves.
— São Paulo: Formato Editorial, 1997.

ISBN 978-85-7208-172-6

1. Literatura infantojuvenil. I. Neves, Marta.
II. Título.

97-1464 CDD-028.5

Índices para catálogo sistemático:
1. Literatura infantil 028.5
2. Literatura infantojuvenil 028.5

3ª edição
3ª tiragem, 2009

Com muito carinho, "O velho relógio" é dedicado a meu pai, Ernani, e "A árvore dos mil feitiços", a minha mãe, Apparecida, pela lembrança querida que vou guardar dela, para sempre. "Leituras piradas" é dedicado, pelo que nos reuniu, a minha mulher, Marisa. "A história de Genoveva" eu ouvi de minha avó Leonarda, de quem sinto muita saudade.